MARIA AMÁLIA CAMARGO

APRENDA A CRIAR UM DRAGÃO DE ESTIMAÇÃO

ILUSTRAÇÕES DE
VANESSA ALEXANDRE

© 2021 – Todos os direitos reservados

GRUPO ESTRELA
Presidente: **Carlos Tilkian**
Diretor de marketing: **Aires Fernandes**

EDITORA ESTRELA CULTURAL
Publisher: **Beto Junqueyra**
Editorial e paratextos: **Célia Hirsch**
Coordenadora editorial: **Ana Luíza Bassanetto**
Ilustrações e projeto gráfico: **Vanessa Alexandre**
Revisão de texto: **Luiz Gustavo Micheletti Bazana**

Dados Internacionais de Catalogação na Publicação (CIP)
(Câmara Brasileira do Livro, SP, Brasil)

Camargo, Maria Amália

Aprenda a criar um dragão de estimação / Maria Amália Camargo ; ilustrações de Vanessa Alexandre. -- 2. ed. -- Itapira, SP : Estrela Cultural, 2021.

ISBN 978-65-5958-005-7

1. Aventuras - Literatura infantojuvenil 2. Literatura infantojuvenil I. Alexandre, Vanessa. II. Título.

21-71264   CDD-028.5

Índices para catálogo sistemático:

1. Literatura infantil 028.5
2. Literatura infantojuvenil 028.5

Cibele Maria Dias - Bibliotecária - CRB-8/9427

Proibida a reprodução total ou parcial, de nenhuma forma, por nenhum meio, sem a autorização expressa da editora.
2ª edição – Três Pontas, MG – 2021 – IMPRESSO NO BRASIL
Todos os direitos da edição reservados à Editora Estrela Cultural Ltda.

Rua Municipal CTP 050
Km 01, Bloco F, Bairro Quatis
CEP 37190000 – Três Pontas/MG
CNPJ: 29.341.467/0002-68
estrelacultural.com.br
estrelacultural@estrela.com.br

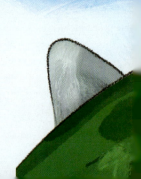

APRENDA A CRIAR UM DRAGÃO DE ESTIMAÇÃO

HÁ MUITO E MUITO TEMPO EXISTIU UM REI COM UMA FANTÁSTICA MEMÓRIA. UM GENEROSO REI QUE ADORAVA CONTAR MIL E UMA HISTÓRIAS.

QUANDO O REI FALAVA "ERA UMA VEZ...", O ENCANTO SE ESPALHAVA E PUXAVA QUEM ESTIVESSE LONGE PARA BEM PERTO.

CERTO DIA, QUANDO O REI PEGOU O LIVRO MAIS PESADO DA SUA ESTANTE, UM OVO ESCORREGOU DE DENTRO NO MESMO INSTANTE.

CRECK, CREEEEEECK...

PUXA, O SERZINHO QUE SAIU DAQUELA CASCA ERA BASTANTE ESQUISITO. ELE NÃO ERA FEIO NEM BONITO.

9

SUA CAUDA ERA IGUAL À DOS JACARÉS, TAL QUAL O FOCINHO E OS PÉS.

ELE TINHA ASAS, MAS NÃO TINHA PENAS NEM PELOS, PORQUE NÃO ERA PASSARINHO NEM MORCEGO.

SEUS CHIFRES ERAM DE OURO, PONTUDOS COMO OS DE UM TOURO.

SOLTAVA FUMAÇA, MAS NÃO ERA VULCÃO.
E, POR TRÁS DA CARA DE BRAVO, EXISTIA
UM BOM CORAÇÃO.

ENTRE AS PÁGINAS HAVIA UM BILHETE, DO-BRA-DI-NHO, ESCRITO ASSIM:

COMO CUIDAR DO SEU DRAGÃO DE ESTIMAÇÃO, TUDO EXPLICADO TINTIM POR TINTIM.

DRAGÕES COMEM LIVROS, PORÉM, AO CONTRÁRIO DOS CUPINS QUE MORDEM PAPEL...
ORA, ORA, ORA, DRAGÕES DEVORAM HISTÓRIAS!

E COM SABOR DE TUDO QUANTO É TIPO: CHORO, RAIVA, SUSTO, RISO...

DRAGÕES PRECISAM DE BASTANTE ESPAÇO QUANDO SENTEM... UI! AQUELA PONTADA DE DOR DE BARRIGA QUE A GENTE CONHECE BEM.

AGORA, PRESTE ATENÇÃO: NUNCA, JAMAIS RECOLHA O COCÔ DO SEU DRAGÃO. CONTE ATÉ TRINTA E TRÊS E ESPERE PARA VER ALGO SURPREENDENTE ACONTECER...

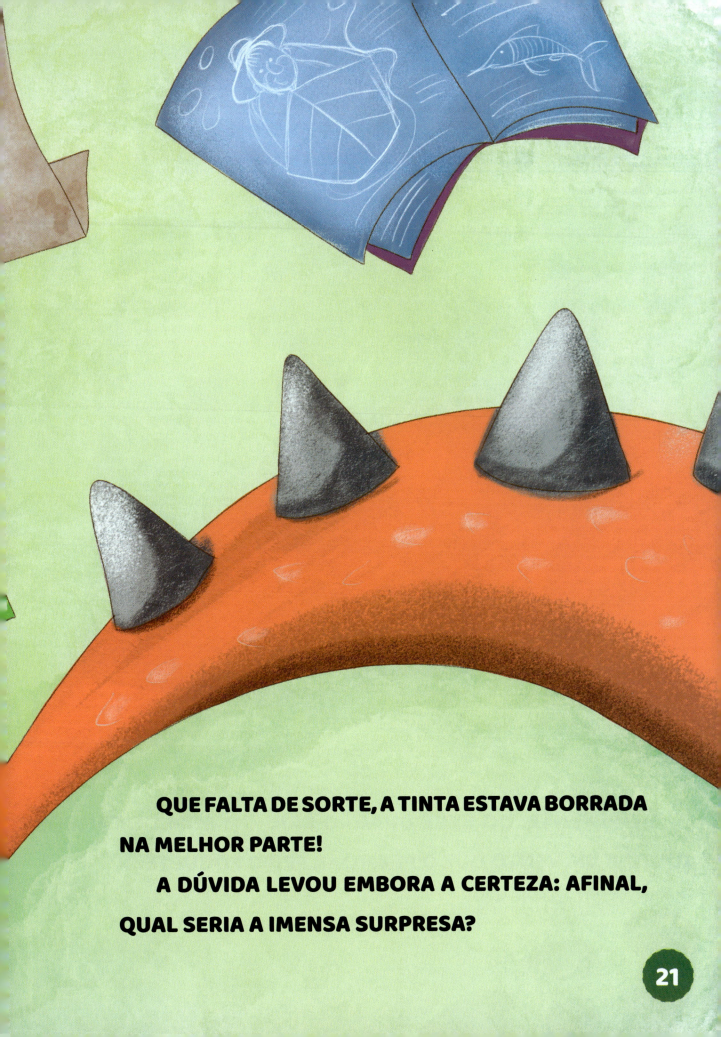

QUE FALTA DE SORTE, A TINTA ESTAVA BORRADA NA MELHOR PARTE!

A DÚVIDA LEVOU EMBORA A CERTEZA: AFINAL, QUAL SERIA A IMENSA SURPRESA?

DE REPENTE, DO BEBÊ DRAGÃO SAIU UM SOM DE TAMBORET JUNTO A UM VENTO QUE O FEZ VOAR FEITO FOGUETE.

MAS O QUE VEIO A SEGUIR FOI EXTRAORDINÁRIO, ESPETACULAR, INCRÍVEL!

DA MONTANHA DE COCÔ BROTOU UMA PORÇÃO DE ÁRVORES ROBUSTAS!

AO VEREM AQUILO, O REI E AS CRIANÇAS USARAM DE TODA A ESPERTEZA E ASTÚCIA.

ELES ENTENDERAM QUE UM DRAGÃO COME LIVROS E QUE LIVROS SÃO RECHEADOS DE IMAGINAÇÃO.

PORTANTO, O COCÔ DE UM DRAGÃO É TÃO FÉRTIL E NUTRITIVO QUE FUNCIONA MELHOR DO QUE ADUBO AO CAIR NO CHÃO.

ESPERE, NÃO ACABOU NÃO, NO BILHETINHO SOBROU UMA ÚLTIMA RECOMENDAÇÃO:

LIVROS SÃO AS CASAS DAS PALAVRAS E TAMBÉM O ESCONDERIJO DO NINHO DE UM DRAGÃO.

ENTÃO, QUANDO OLHAR PELA JANELA E ACHAR QUE FALTA UM POUCO DE COLORIDO E DE AR PURO LÁ FORA... PLANTE UMA SUPERFLORESTA USANDO A IMAGINAÇÃO QUE ALIMENTA O DRAGÃO DA SUA HISTÓRIA!

A AUTORA

MARIA AMÁLIA CAMARGO NASCEU EM SANTOS, EM 1977. QUANDO CRIANÇA, MONTOU UMA AGÊNCIA DE DETETIVES COM O IRMÃO, COM MÁQUINA DE ESCREVER E TUDO. ALI, ELA ERA A RESPONSÁVEL PELOS RELATÓRIOS DAS INVESTIGAÇÕES. ASSIM NASCEU SEU GOSTO POR CONTAR HISTÓRIAS! ANOS DEPOIS, FORMOU-SE EM LETRAS PELA USP E, DESDE 2006, ELA SE DIVERTE COM A LITERATURA INFANTOJUVENIL, TRADUZINDO OU INVENTANDO HISTÓRIAS.

A ILUSTRADORA

VANESSA ALEXANDRE NASCEU E VIVE EM SÃO PAULO, CAPITAL. ILUSTRA HÁ MAIS DE DOZE ANOS PARA EDITORAS DO BRASIL E DO EXTERIOR.

ARTISTA SELECIONADA PARA EXPOSIÇÕES COMO COW PARADE E, RECENTEMENTE, A EXPOSIÇÃO REFUGIARTE, PELA AGÊNCIA DE REFUGIADOS DA ONU (ACNUR).

ALÉM DISSO, REALIZA OFICINAS LITERÁRIAS EM ESCOLAS POR TODO O PAÍS.